August Preime

De Lucani Pharsalia

Anatiposi

August Preime

De Lucani Pharsalia

Unveränderter Nachdruck der Originalausgabe von 1859.

1. Auflage 2023 | ISBN: 978-3-38220-062-6

Anatiposi Verlag ist ein Imprint der Outlook Verlagsgesellschaft mbH.

Verlag: Outlook Verlag GmbH, Zeilweg 44, 60439 Frankfurt, Deutschland
Vertretungsberechtigt: E. Roepke, Zeilweg 44, 60439 Frankfurt, Deutschland
Druck: Books on Demand GmbH, In de Tarpen 42, 22848 Norderstedt, Deutschland

DE

LUCANI PHARSALIA.

DISSERTATIO INAUGURALIS

QUAM

AMPLISSIMO ORDINI PHILOSOPHORUM MARBURGENSIUM

AD

SUMMOS IN PHILOSOPHIA HONORES

RITE CAPESSENDOS

OBTULIT

AUGUST PREIME
CASSELLANUS.

MARBURGI CATTORUM
MDCCCLIX.

Latin

SATHER

Cassel, Th. Fischers Buchdruckerei (Baier & Lewalter):

VIRO

PRAENOBILISSIMO AC SUMME VENERANDO

CAR. FR. WEBER

PHILOSOPHIAE DR. PHILOLOGIAE ET ELOQUENTIAE P. P. O.

IN ACADEMIA MARBURGENSI, SEMINARII PHILOLOGICI

DIRECTORI, ORDINIS ELECT. GUIL. EQUITI

HAS STUDIORUM SUORUM PRIMITIAS

PIO GRATOQUE ANIMO

OBTULIT

AUCTOR.

De Lucani Pharsalia.

Vereor, ne temerariam vel prorsus inutilem operam impendisse videar, qui quo consilio et qua ratione Lucanus carmen Pharsaliae composuerit, inquirere et explicare conatus sim. Nam quum vel doctissimorum virorum, qui et studii et eruditionis plurimum ad eam rem contulerunt, sententiae valde inter se discrepent: juveni quaestionem, quem finem Lucanus in Pharsalia scribenda secutus sit, de novo post illos instituenti, arrogantiae vel temeritatis crimen imputari posse apparet. Iis enim hominibus, qui pulchritudine illius carminis mirifice capti, quae a viris doctissimis de ea re in medium prolata sunt, diligenter perlegerunt, quum C. F. Weberus, eruditissimus carminum Lucani existimator, jam de eadem re pluribus disseruerit [1]) iterum eandem et jam dijudicatam quaestionem tractari supervacaneum atque inutile esse videatur.

Quae quamvis ita sint, tamen quin proferam, quae de Pharsalia sentio, me non impedient, quum quicunque ad rem tam difficilem expediendam pro facultatibus ingenii sui se aliquid collaturum esse profiteatur, eum rejiciendum esse non existimen.

---

[1]) cf. dissertationem Weberi de eo quod summum est in Pharsalia in Edit. Luc. Tom. II. pag. 569 sqq.

Praeterea qui aequalium animos ad Lucani carmen cognoscendum converterit, eo benignius erit excipiendus, quod nostra aetate studio et amore scriptorum antiquorum hic illic senescente numerus eorum, qui Pharsaliam legerint, in dies minuitur. Nam ne dicam de iis, qui studiis in academia absolutis aut Themidis aut Aesculapii muneri inserviunt aut sacro ministerio praesunt; vel inter eos, qui juventutem docent litterisque erudiunt, non multos invenies, qui Lucani carmini operam dederint. Atqui is poeta, qui lectitetur, dignissimus est. Puerorum quidem manibus non erit tradendus, sed juvenum animos quum propter artem rerum narrandarum et describendarum alliciet, qua animi et capiuntur et rapiuntur, tum propter orationes sententiasque gravissimas et saepissime rebus intermixtas; denique quod Lucanus res cecinit, quibus non solum Roma mota, sed etiam totus orbis terrarum vehementissime perturbatus est. Quod carmen attente legentes fieri non potest, quin illud tempus, quo Caesar rerum potitus est, cum tempestatibus, quas alii populi perpessi sunt, comparemus magnamque earum cum illo similitudinem inveniamus.

Qualis poeta fuerit Lucanus, ea de re sententias virorum doctissimorum adhuc valde distare constat[2]). Etenim quum alii illum laude dignum eximia existimaverint, parem Homero et Virgilio judicantes, alii inveniuntur, qui eundem in poetarum numerum esse referendum omnino negaverint ut Scaliger et Burmannus, qui Pharsaliam contemnebant, quam contra Hugo Grotius et Cornellius, qui fuit ipse excellentissimus poeta, maximo amore maximaque admiratione amplectebantur[3—5]).

---

2) Eo certe tempore, quo litibus nuper in Francogallia de Pharsaliae aestimatione acerrimis exortis intentus fui animumque ad causas rixarum indagandas appuli, vehementer profecto obstupui cum ingentem sententiarum de poeta nobilissimo varietatem per multa saecula a Lucano ipso usque ad nostra tempora dominantem animadverterem. cf. disput. de Lucani Pharsalia, quam Meusel et Buerger defend. Halac 1767. Pars prior. pag. 2 sqq.

3) *Während Einige den Lucanus als Dichter gar nicht gelten lassen wollten, stellten ihn Andere dem Virgilius und Homerus gleich, s.* Fabricii Bibl. lat. II. p. 142 f. not. 1. Funcc. de imminent. Lat. L. senectut.

Quae sententiarum discrepantia, si quam diversum sit, quod ab epico poeta desideretur, consideraveris, mira esse non potest. Sunt enim qui, quum Virgilio non solum antiquis temporibus maximus honos, sed etiam per totum medium aevum et ipsa recentiora tempora paene divina auctoritas tribueretur, poetam ullum nisi qui religiose leges et naturam carminis epici, quale Virgilius scripsit, imitatus fuerit, in epicorum numero haberi posse prorsus negent [6—7]. Alii autem critici Lucanum, quod interventum deorum

---

cap. III. §. 38. 39 *und die Zusammenstellung von Urtheilen älterer und neuerer Autoren ebendaselbst.* Scheffler *in der Abhandlung von den lateinischen Heldendichtern u. s. w. in Wiedeburg's humanistischem Magazin* (1788) II, S. 151 ff. *vergl. mit* C. F. Weber l. l. Tiraboschi Stor. T. II. 1. lib. 1. cp. 1. §. 5 f. Sulzer *Theorie der schönen Künste* II. S. 510 (2. Ausg.). *So verwerfen bekanntlich* Scaliger *u.* Burmann *den Dichter gänzlich, während Andere ihn vertheidigen wie* Palmerius (Apolog. pro Lucano, Lugd. Bat. 1704 in Jan. Berkelii Diss. critt. *und in* Oudendorp's *Ausgabe des Lucan.*), Berkelius, Briosius (*in* Oudendorp's *Ausg.*) Meusel (Diss. laud.), Marmontel *u. A.* Hugo Grotius *liebte besonders die Lektüre desselben* (s. Funcc. l. l. §. 40. p. 128) *eben so auch* Corneille: *wie denn überhaupt beide Dichter in Vielem einander sehr ähnlich erscheinen;* s. Hallam Introduct. to the literat of Europe Tom. III. p. 318 *der Paris. Ausg. Vergl. auch* Barth *zu* Statii Sylv. II, 7, 1. *Eine Vergleichung des* Lucanus *mit dem Griechen* Nicander *stellt* J. C. Scaliger *an* (Poetic. V, 15.) *welche, wie sich hier erwarten lässt, zu Gunsten des ersteren ausfällt. Vergl. dagegen auch* ibidem VI, 6. p. 844. cf. Bähr, *Geschichte der römischen Literatur* I. p. 46. Anm. 6. 4) J'aime Lucain et le pratique volontiers, disoit Montagne, ce philosophe d'un sens si droit et d'un goût si solide; non tant, ajoutoit-il, pour son style, que pour sa valeur propre; et c'est aussi de sa valeur propre que Tacite, Quintilien, le grand Corneille faisoient cas: ils n'étaient pas hommes à se laisser séduire par de l'enflure et du faux sublime. Marmontel Préface p. 1. 2, — lorsque j'y ai trouvé cette chaleur, cette véhémence, cet éclat de pensées, qui avaient frappé Quintilien, ces caractères, ces moeurs, ces peintures, ces belles scènes que le grand Corneille jugeait dignes de lui et dont il ornait ses chefs-d'oeuvres; j'ai cru pouvoir, à leur exemple, louer Lucain, sans passer pour être le partisan du mauvais goût. 5) cf. disput. de Luc. Phars. quam Meusel et Buerger defend. p: 4 sqq. ubi quae Petronius, Quintilianus, Statius, Martialis, editores Sulpitius, Burmannus, criticus Voltarius, Marmontelius alii de Lucano judicaverint, collecta invenies. 6) *So wird man es nicht auffallend finden, wenn Virgilius für die späteren Römer das Ideal der epischen Poesie geworden ist ... und weiter:..,*

1*

non eodem modo quo Virgilius aut Homerus rebus immiscuerit, vituperant, qui quidem mores et sententias hominum Lucano aequalium valde ab illis antiquissimis distare non vidisse videntur. Praeterea quum qualis poeta Lucanus fuerit judicabis, adolescentem eum jam periisse ne omittas; eum autem natum annos viginti quinque, menses quinque, dies viginti septem periisse Weberus docet [8]. Nam ut de novo vino fervore nondum sedato vix recte judices, ita de poeta, qui quum juvenis esset, diem supremum uno carmine eoque imperfecto posteritati relicto obiit, certum judicium ferri non potest. Quo major enim copia carminum est, quae a poeta posteris relicta sunt, eo plura auxilia nobis ad ingenium ejus cognoscendum et ad facultates animi recte aestimandas esse apparet. Sophocles igitur vel Horatius vel Schillerus quales fuerint, satis constat, quum multis carminibus absolutis, quibus conficiendis atque perpoliendis extremam manum imposuerant, mortui sint. Sed si Schillerus jam anno 1781 decessisset, illa una fabula relicta, quam in academia versans scribere coeperat, quin eadem opinionum dissensio oriretur, fieri non potuit. Nam ut magnae virtutes, ita gravia vitia in utriusque poetae (Lucanum et Schillerum dico) operibus juvenilibus inveniuntur. De

---

Kaum wird man einen Dichter finden, dessen Werke auf die folgende Periode, wie auf das gesammte Mittelalter von so dauerndem Einfluss gewesen sind. Virgils Gedichte wurden alsbald in allen Schulen eingeführt und als Muster der Poesie und des guten Geschmacks überhaupt betrachtet . . . . — Diese Achtung erhielt sich auch in der Folge selbst nach dem Untergang des römischen Reichs und lebte in dem carolingischen Zeitalter, dessen Dichter sich vorzugsweise nach Virgil zu bilden und dessen Ausdrucksweise und poetische Darstellung nachzuahmen suchten, wieder auf; sie stieg dann während des Mittelalters zu einer Art von Verehrung . . . . cf. Bähr, Gesch. der röm. Lit. Bd. I, §. 73. 74. 7) Omnia carmina majora exigebantur et examinabantur trutina, ut ita dicam, Homerica atque Virgiliana; alius formae carmina majora pangi non posse existimabant forte Critici. Disp. de Luc. Phars. quam Meusel et Buerger etc. I. p. 5.

8) natus XXV annos, V menses, XXVII dies. cf. vit. Luc. Part. II. p. 17.

germano quidem poeta pluribus verbis disserere ab hoc loco alienum est, at Lucani vitia, quum de laudibus jam supra verba fecerim, non erunt praetereunda. Sunt autem vitia ejus eadem, in quae juventus incurrere solet: saepius enim justum modum in versibus componendis egressus nimiae in describendis rebus ubertati nimioque in iis rebus, quae minoris momenti sunt, commorandi studio inservit eoque impedit, ne rerum gestarum narratio celerius procedat; quae ubertas [quamvis in nonnullis eorum ipsorum locorum veram poesin inesse profitear] [9]) si modice recisa esset, summa rei clarius effulsisset. Tum quod poeta narrationes quasdem carmini immiscuit aut verbosius, quam necesse erat, exposuit, quae quidem cum ipso consilio belli civilis canendi minime aut vix cohaerentes nihil nisi optimam occasionem doctrinae ostendendae praebebant, jure erit vituperandus [10]). Praeterea etsi multum abest, ut eandem veritatem, quam ab historico scriptore exspectamus, a poeta historico desideremus, tamen ne in vitium rerum monstruosarum describendarum irruat, ei cavendum est, quod vitium Lucanus neque quo loco de cadaveribus a Sulla in Tiberim projectis neque ubi de Scaevae et Massiliensium miris facinoribus narrat, evitavit [11—12]).

At si Lucano melior atque benignior sors tempus ad carmen absolvendum et perpoliendum dedisset, Pharsalia multis locis aut ejectis aut mutatis ita fortasse correcta esset, ut omnes partes arctius inter se cohaererent, et quae inaequalia parumque inter se apta in singulis libris esse videntur, magis inter se concinerent.

Quaerentes quod consilium Lucanus in carmine scribendo secutus sit, maximam diversitatem sententiarum invenimus. Sed quum jam Jacobsius, vir in omni judicio elegantissimus, Duschii

---

9) cf. extremam partem libri tertii, libr. IX. v. 761—838, alios locos.

10) cf. Phars. V. 392 etc. VI, 333 — 412. VI, 570 — 830. IX, 411—480. X, 172—331.

11) cf. Ph III, in extr. parte. IV, 50 sqq VI, 144 sqq.   12) Notum est, omnibus Poëtis morem esse, ubi praelia et varias in istis caedes describunt et q. s. Burmannus in praefatione.

et Marmontelii opiniones de ea re falsas esse demonstraverit [13-14]);
et quum Weberus rectissime jam refutaverit, quae Scholiastes Be-
rolinensis, Sulpitius, Oudendorpius, Clercquius, Meuselius, Scheff-
lerus, Merianus aliique protulerunt: meum non erit de novo eas-
dem res recoquere neque quod addam habeo [15]). Quae autem
Leloupius in dissertatione philologica, quam de poesi epica et de
Lucani Pharsalia scripsit, de carminis argumento explicavit quum di-
ceret: *Lucano in Pharsalia fuisse propositum „potentius quam legum imperium hominis iterum factum" canere, Caesarem enim
hominis et dominatoris, Pompejum legum vices agere, ea*
nimis levia atque vulgaria mihi videntur esse. Tanti non erat

---

13) *Bei der Pharsalia Lucans hat es den Kunstrichtern nicht eben-
so (wie bei der Aeneis, Ilias u. Odyssee) glücken wollen, den Punkt,
auf den alles hinwirkt und in dem sich alles vereiniget, auszumitteln;
ja zwei der besten von ihnen haben ihn gar nicht in eine Handlung
oder Begebenheit, sondern in eine blosse moralische Wahrheit setzen zu
müssen geglaubt und bald „die Versinnlichung der verderblichen Fol-
gen der Zwietracht" für den Angelpunkt der ganzen Dichtung gehal-
ten, bald sich eingebildet, Lucans Absicht sei gewesen, den Satz zur
Anschauung zu bringen: »Der rechtschaffene Bürger ficht nur ge-
zwungen für die Freiheit seines Vaterlandes gegen den Gewalträuber
und nur so lange, als er Hoffnung haben kann zu siegen. Fällt diese
hinweg, so verlässt er den Kampfplatz.« Es hiesse ein Misstrauen in
die Beurtheilungskraft der Leser setzen, wenn man sie belehren wollte,
wie flach und alltäglich die eine, und wie unverträglich mit dem Inhalte
des Gedichts die andere Ansicht sei.* — cf *Nachträge zu Sulzers all-
gemeiner Theorie der schönen Künste. Band 7. Stück I. p. 346.* 14) Fue-
runt itaque, qui summum Pharsaliae finem in pernicie e discordiis manante
quaererent, ut Marmontelius sqq. — Weber de eo quod summum etc. Tom.
II, 570 — 571.

15) Jam Scholiast. Berol. dissensionem notavit, qui ipse ita judicat:
Intentio Lucani in hoc opere est laudare Neronem sqq.

Alii Lucanum, odio in Neronem suscepto, Pharsaliam sibi elegisse
pangendam arbitrantur ut Oudendorpius sqq.

Multo minus probaverim, quae Merian de Lucani consilio his monet
verbis: *Die Pharsale ist anzusehen als Erweiterungen, die — ohne einen
anderen Zweck bearbeitet sind als seinen Witz, seine poetische Bered-
samkeit und seine Philosophie zur Schau zu stellen.* — cf. Weber de eo
quod summum etc. Tom. II. p. 582, 583, 589.

tali carmine composito nos docere, quod saepissime historia omnium populorum jam probavit. Praeterea quo loco Lucanus Pompejum leges defendere voluisse dicit? cur, si id voluisset, illud
senatus consultum: ,,dent operam consules, praetores, tribuni ple-
,,bis, quique consulares sunt ad urbem, ne quid res publica de-
,,trimenti capiat", non commemoravit, ut Pompejus justus ac le-
gitimus defensor legum appareret? Quomodo autem poeta, si
Pompejum vere legum defensorem existimasset, se nescire, uter justior arma tulisset, dicere potuerit, me ipsum nescere confiteor [16—18]).

Sed Kaestnerus me monet, ut quae de Pharsaliae summo fine
putet, proferam [19]). ,,Poeta", inquit, ,,carminis epici materiem
,,anquirens bella civilia propterea sumsit sibi canenda, quod
,,tum pingendis illa rebus gravissimis, nimirum horrendis rei-
,,publicae potentissimae fatis, gestisque virorum insignium re-
,,bus maximis, tum ipsius animo, priscae desiderio libertatis
,,pleno, sensus suos prodendi praebitura esse occasionem lucu-
,,lentam, iis vero qui lecturi essent pro hominum aetatis suae
,et ingenio et rebus, cognitu jucundissima fore confidebat satis
,,certo" [20]). Ubi autem in Lucano ,,illud priscae libertatis desi-
derium" fuerit, quum Neronem summis laudibus praedicans eum
ipsum sibi jam numen esse dixerit, non liquet. Exstremo quidem
tempore vitae poetam libertatis amore exarsisse postea probare
conabimur, sed tum materiem epici carminis jam diu elegerat.

Ea igitur, quae Weberus de summo fine Pharsaliae protulit
nobis accuratius examinanda erunt. ,,Is" (finis) inquit, ,,non alius

---

16) cf. Leloup de poesi epica et de Pharsalia Lucani disput. philol.
Trier. 1827. pag 11.   17) Decurritur ad illud extremum atque ultimum senatus consultum, quo, nisi paene in ipso urbis incendio atque in desperatione
omnium salutis, latorum audacia nunquam ante discessum est; dent operam
consules, praetores, tribuni plebis, quique consulares sunt ad urbem, ne
quid respublica detrimenti capiat. — Caesar bell. civile. I. c. 5. —   18)
quis justius induit arma, Scire nefas: magno se judice quisque tuetur. cf.
Phars. I. 126 etc.
19) cf. Kaestneri quaestionum in Lucani Pharsaliam part quattuor.
Guben. 1824, 1825, 1827, 1829.
20) cf. Kaestn. part. I. p. 11.

„*mihi esse videtur quam certamen inter libertatem atque do-*
„*minationem, ita ut illa pereat; certamen inter rempublicam*
atque imperium unius, inter cives futurumque imperatorem [21].)
Quod consilium num pari modo in omnibus partibus carminis elu-
ceat, vir doctissimus in dubio reliquit. Legenti mihi Pharsaliam
maxima inaequalitas rationis, qua Lucanus diversas partes belli
civilis cecinerit, conspicua esse videbatur, id quod jam alii aliqua
quidem ex parte observarunt [22—23]). Nam in priore parte carminis,
quae librum primum, secundum, tertium prioremque partem libri
quarti complectitur, eodem modo quo scriptor historicus res gestas
narravit, suo judicio prorsus represso vel rarissime immixto. Bellum igitur civile, quod inter Caesarem et Pompejum exarserat,
num pro certamine inter libertatem et dominationem unius habu-
erit, nullo loco prioris partis elucet. Legimus quidem in primo
libro [24]), Romam multum bellis civilibus debere, „*quod res Ne-*
roni acta sit“ sed h. l. non de ratione vel consilio, quo bellum gestum est, agitur sed exitus, quem bellum habuit, quum
Neronis dominatio inde orta sit, felix praedicatur. Ubi autem
causae commemorantur, quibus scelus belli civilis ortum et pax
orbi terrarum excussa sit „*seriem fatorum invidam fuisse neque*

---

21) cf. Weber Tom. II. 575.

22) Quam ob rem mihi persuasum est, Lucani mentem voluntatemque,
minus quod Caesarem quam quod Neronem attinet, inter scribendum im-
mutatam esse. Id non modo auctor vitae Lucani ex commentario antiquis-
simo, sed etiam Pharsalia ipsa comprobare videtur. Etenim negari non
potest, magnum esse discrimen inter priores tres libros et septem reliquos,
sive verba limatumque dicendi genus, sive animum atque sensa poetae spectes.
cf. Weber Tom. II. 585.   23) *Es zeigt sich nemlich in den einzelnen*
Theilen dieses offenbar unvollendeten Gedichts ein grosser Unterschied,
sowohl in der Sprache und in den einzelnen Ausdrücken, als in der
Gesinnung des Dichters und seinen politischen Ansichten. — Vergl.
auch Martyni - Laguna *in einer Note zu Anfang der Pharsalia. Aus*
dieser Sinnesänderung des Dichters während der Abfassung seines Ge-
dichts erhalten manche Stellen erst ihre Erklärung und Bedeutung wie
z. B. I, 34—66; I, 121—126. cf. Bähr Tom. I. 244, 247, Anm. 11.

24)   Multum Roma tamen debet civilibus armis,
        Quod tibi res acta est. — cf. Ph. I 44 sqq.

licere summis rebus diu stare" legimus. Quas quidem causas
recte a poeta nominatas ab historico quoque scriptore comprobari
putem. Nonne res publicas, quum diu floruerint et opes in summum fastigium venerint, moribus civium corruptis stare diutius non
posse, sed ad perniciem delabi et sub dominationem hominum
ambitiosorum venire videmus? Quum igitur Caesar et Pompejus iisdem causis moti et ambitione stimulati [25]), quae secundi
loci impatiens [26]). Crasso mortuo „concordicam discordem" rupe-
rat [27]), bellum movissent: uter justior arma tulerit Lucanus
se nescire jure dicit [28]). At neque Caesaris neque Pompeji sola
cupiditate imperii Romam interiisse non ignorat, sed Romanorum avaritia, luxuria, spreta frugalitate, „letali ambitu urbis",
studio rerum novarum [29]). Minime igitur partes Pompeji lau-

---

25) cf. Ph. I, 120. stimulos dedit aemula virtus.
26)   — te jam series, ususque laborum
        Erigit, impatiensque loci fortuna secundi. — cf. Ph. I, 123—
124.
27) Temporis angusti mansit concordia discors, — cf. Ph. I, 98.
28) cf. Ph. I, 126 etc.
29)   Haec ducibus causae suberant, sed publica belli
        Semina, quae populos semper mersere potentis.
        Namque ut opes mundo nimias fortuna subacto
        Intulit et rebus mores cessere secundis,
        Praedaque et hostiles luxum suasere rapinas:
        Non auro, tectisve modus: mensasque prioris
        Aspernata fames: cultus gestare decoros
        Vix nuribus, rapuere mares: fecunda virorum
        Paupertas fugitur, totoque arcessitur orbe,
        Quo gens quaeque perit. tum longos jungere finis
        Agrorum, et quondam duro sulcata Camilli
        Vomere, et antiquos Curiorum passa ligones
        Laxa sub ignotis extendere rura colonis.
        Non erat is populus, quem pax tranquilla juvaret
        Quem sua libertas inmotis pasceret armis.
        Inde irae faciles, et, quod suasisset egestas
        Vile nefas, magnumque decus ferroque petendum,
        Plus patria potuisse sua: mensuraque juris
        Vis erat: hinc leges et plebiscita coactae,
        Et cum consulibus turbantes jura tribuni;

dat neque unquam Pompejum sequi idem esse ac libertatem tueri dicit: quod si credidisset, procul dubio id apertissime saepissimeque expressisset. Et ne Catonis quidem verbis, ut de ea sententia desistam, movebor. Qui quum se nomen et inanem umbram libertatis usque ad mortem prosecuturum dixisset, in extrema oratione Brutum, ut publica signa et Pompejum ducem sequatur, monet. Nonne igitur res Pompejanas et libertatem idem esse poeta censet? Hoc quidem non adducor ut credam. Cato enim toto orbe terrarum vehementissime moto se otia agere posse negans ab alterius ducis partibus standum esse affirmat. Se ipsum Pompeji signa secuturum esse dicit non eam ob causam, quod illi libertatem defendere et restituere in animo sit, sed ne Pompejus, qui ambitione ductus victoria parta regnum affectaturus sit, *sibi se vicisse* putet [30]). Mihi quidem Cato ea de causa hostibus Caesaris favisse videtur, quod libertati reipublicae tantum periculum a Pompejo non imminere quantum a Caesare putaret. Ille enim priore quidem tempore plebi, posteriore autem optimatibus deditus se senatui obedire simulaverat; Caesar autem quid conaturus esset, spretis legibus patriae quum Rubiconem transgressus contra Romam duxisset, jam ostenderat. Praeterea multis occasionibus Pompeji ut vindicis libertatis celebrandi Lucanum uti potuisse apertum est; velut quo loco eum optimatesque Roma excessisse et postea Italia exiisse narrat [31—32]. Ne populus Romanus

---

Hinc rapti pretio fasces, sectorque favoris
Ipse sui populus, fatalisque ambitus urbi,
Annua venali referens certamina Campo:
Hinc usura vorax, avidumque in tempora foenus,
Et concussa fides, et multis utile bellum. — cf. Ph. I, 158—182.

30)   — ideo me milite vincat
Ne sibi se vicisse putet. — cf. Ph II, 322—323.

31)   sic quisque pavendo
Dat vires famae: nulloque auctore malorum
Quae finxere timent. nec solum volgus inani
Percussum terrore pavet: sed curia, et ipsi
Sedibus exsiluere patres, invisaque belli
Consulibus fugiens mandat decreta senatus. — cf. Ph. I, 485

sqq. —   32) cf. finem libr. III.

quidem de bello, quod inter Caesarem et Pompejum gerebatur,
alio modo quam de bello inter Marianos et Sullanos, quod omnium pessimum erat, judicavit; lugebat enim calamitates et clades
reipublicae imminentes a Jove poscens, ut „utrasque simul partisque ducisque", dum nondum meruissent, feriret [33]). Revoces que-
que in memoriam verba illius matronae Romanae, quae, dum fortuna ducum dubia pendeat, plangendi tempus esse dicit, ubi alter,
sive Pompejus sive Caesar superior discesserit, gaudendum esse [34]).
Neque vero plebs ignorat, cujus rei gratia certetur, nam in libro
secundo legitur:

Tantone novorum

Proventu scelerum quaerunt, uter imperet urbi?
Vix tanti fuerat civilia bella movere
Ut neuter [35]).

Quin etiam sunt, qui neque Caesarem neque Pompejum con-
tentum fore, quo Sulla contentus fuerit, qui partibus adversariorum
exstinctis imperio se abdicaverit, sed alterum altero victo regis
partes esse acturum putent [36]). Itaque nemo invenitur, qui Pompeji causam laudet aut libertatis defendendae causa calamitates
facile esse ferendas censeat, imo vero ne Pompejus quidem, ubi
ad milites concionabundus se justum bellum gerere dicit, de libertate tuenda verba facit [37]). Audiamus, quid Brutus vere stu-
diosus lrbertatis de bello inter Caesarem et Pompejum orto sen-
tiat, quo loco Catonem adit quaerens, utrum pacem tueri et otia

---

33)   Saeve parens, utrasque simul partisque ducisque,
         Dum nondum meruere, feri. — cf. Ph. II, 59—60.
34)   Nunc, ait, o miserae contundite pectora matres,
         Nunc laniate comas, neve hunc differte dolorem,
         Et summis servate malis: nunc flere potestas,
         Dum pendet fortuna ducum: cum vicerit alter,
         Gaudendum est. — cf. Ph. II, 38—42.
35) cf. Ph. II, 61—63.
36)   neuter civilia bella moveret,
         Contentus, quo Sulla fuit. — cf Ph. II, 231. 232.
37)   O scelerum ultores, melioraque signa secuti,
         O vere Romana manus sqq. cf. Ph. II, 531 sqq.

agere an castra Pompeji sequi et civili interesse bello praestet.
Brutus enim Pompejum minime libertatis propugnatorem ratus
omne bellum inter cives Romanos gestum impium nefastumque
ducit, ad quod gerendum ne unus quidem honesta causa motus
accesserit [38]). Quicunque igitur huic bello interfuerit, eum ita
nocentem fieri putat, ut sine armis tranquilla otia agere et bello
confecto victori libertatem oppressuro se hostem praebere multo
praestare sibi videatur [39—40]). Praeterea et Caesar et Pompejus a
Bruto vere Romano „duces scelerum" et Pompejus „dux privatus"
nominatur [41—42]), qui sibi, non pro libertate communi pugnet, et
cujus sub juga senatus proceresque iverint [43]). Cui quaerenti Cato,
quamquam summum nefas civilia bella esse [44]) neque se dubitare
dicit, quin futurum sit, ut Pompejus Caesare victo imperium to-
tius mundi affectet [45]), tamen se a Pompeji partibus staturum esse
declarat, ne (quod jam supra commemoratum est) ille „sibi se
vicisse" putet. Catonem autem si Pompejum vere tutorem libertatis romanae existimasset, prorsus aliis verbis, quibus animum

---

38)   Quemque suae rapiunt scelerata in praelia causae:
    Hos polluta domus, sqq. — cf. Ph. II, 251 sqq.

39)   melius tranquilla sine armis
    Otia solus ages, sicut coelestia semper
    Inconcussa suo volvuntur sidera lapsu. — cf. Ph. II, 266—268.

40)   quod si pro legibus arma
    Ferre juvat patriis, libertatemque tueri:
    Nunc neque Pompeji Brutum, nec Caesaris hostem,
    Post bellum victoris habes — II, 281—284.

41)   An placuit, ducibus scelerum, populique furentis
    Cladibus immixtum, civile absolvere bellum? — cf. Ph. II,
249—250.   42)   pars magna senatus,
    Et duce privato gesturus praelia consul
    Sollicitant, proceresque alii, quibus adde Catonem
    Sub juga Pompeji; — II, 277—280.

43) cf. Ph. II, 278.

44)   Summum, Brute, nefas civilia bella fatemur. — cf. Ph II, 286.

45)   nec si fortuna favebit,
    Hunc quoque totius sibi jus promittere mundi
    Non bene compertum est — cf. Ph. II, 320—322.

Bruti ad arma capienda impelleret, usurum fuisse, quis est qui
neget? qui quidem quum providerot libertatem reipublicae neque
contra homines ambitiosos defendi neque restitutum iri, ut primum
feralia arma tolli vidit, moerorem prae se ferens:

> *Intonsos rigidam in frontem descendere canos*   ·')
> *Passus erat, moestamque genis increscere barbam* [46].

In nostro carmine tres personas esse, quae prae ceteris elu-
ceant, Jacobsius censet: Pompejum, Caesarem, Catonem, e quibus
primum maxime a poeta diligi quicunque nil praeter librum primum
et secundum perlegerit, persuasum habeat oportere; primas igitur
partes Pompejo, utpote tutori et defensori instituorum reipublicae,
tribui, quo officio post mortem ejus Cato fungatur. Itaque eam,
qua historici scriptores in tradendis rebus uti debent, fidem atque
diligentiam non esse exspectandam a Lucano, nec esse mirum, si
Pompeji virtutes summis laudibus efferat, vitiaque ejus et errores vel
excuset vel tegat, contra Caesaris ingenium atque mores in maximam
invidiam adducat [47]. Sed vereor, ne Jacobsius duas illas partes

---

46) cf. Ph. II, 375—376.

47) *Es giebt bekanntlich in der Pharsalia drei wirklich hervortre-
tende Charaktere Pompejus, Cäsar und Cato. Wen von diesen der
Dichter mit vorzüglicher Liebe umfasse, darüber kann man schon nach
Durchlesung der beiden ersten Bücher nicht mehr in Zweifel bleiben.
Sein Held ist kein anderer als Pompejus, der Freund und Vertheidiger
der bestehenden alten Verfassung, und, nachdem diesen das Schicksal
erreicht hat, Cato. Man erwartet im voraus, dass Lukan bei der
Schilderung des ersten sich nicht ängstlich an die geschichtliche Wahrheit werde gebunden haben, und so findet sichs allerdings. Nicht genug,
dass er überall mit ausgezeichneter Ehrfurcht und patriotischer Begei-
sterung von Pompejus spricht und Alles, was dieser beginnt und un-
ternimmt, herausheht und in ein glänzendes Licht stellt, — er weiss
eben so sorgfältig alles zu verschleiern und in Schatten zu hüllen, was
aufrichtig dargelegt seinem Lieblinge zum Nachtheile gereichen oder
den Strahlenkranz seines Ruhms verdunkeln könnte. Dafür nimmt er
desto lebhafter Parthei gegen Cäsarn. Wo er Cäsars Denkungsart
verunreinigen, seine Handlungsweise verunglimpfen und seine Thaten
verkleinern kann, da unterlässt er es sicher nicht, sondern bietet viel-
mehr alles auf, um ihn schwärzer zu schildern, als er ist und dem*

carminis maxime inter se distantes confuderit, qua de causa huic
judicio subscribere non ausim. Nam in priore parte Pharsaliae
locos, quibus res a Pompejo gestae laudentur, non inveni, at vero
multos quibus gloria illius ducis non modo non augeatur, sed
etiam minuatur. Legimus enim Magnum potius famae petitorem
quam reipublicae propugnatorem fuisse [48]); trepido agmine Roma
exiisse [49]); furtiva fuga Brundisio excessisse [50]); militibus per ad-
ventum Caesaris perterritis metum sensisse [51]). Tum tribunos
plebis ex urbe a Pompejanis esse pulsos poeta neque laudat neque excusat, at Fortunam, ut Caesari speciosae causae ad bellum
gerendum essent, laborasse dicit. Deinde Petrejus quum animos
militum suorum et Caesarianorum esse reconciliatos foedusque inter
eos ictum iri cognovisset, propter impetum, quem in Caesarianos
somno oppressos fecerat, non modo non laudatur sed ob hanc

---

unpartheüschen Beurtheiler erscheint. Wie er Cäsarn kennt, ist er
ein entschiedener Feind der Freiheit, ein eigennütziger Eroberer und
ein verschmitzter Gewaltrauber. — cf. Sulzer V. p. 352 sqq.

48)   alter vergentibus annis
In senium, longoque togae tranquillior usu
Dedidicit jam pace ducem: famaeque petitor
Multa dare in volgus: totus popularibus auris
Impelli, plausuque sui gaudere theatri:
Nec reparare novas vires, multumque priori
Credere fortunae. stat magni nominis umbra. — cf. Ph. I,
129—135.

49)   Interea trepido discedens agmine Magnus,
Moenia Dardanii tenuit Campana coloni. — cf. Ph. II, 392—393.

50)   ut tempora tandem
Furtivae placuere fugae: ne litora clamor
Nauticus exagitet, neu buccina dividat horas,
Neu tuba praemonitos perducat ad aequora nautas
Praecepit sociis. — cf. Ph. II, 687—691.

51)   Verba ducis nullo partes clamore sequuntur,
Nec matura petunt promissae classica pugnae.
Sensit et ipse metum Magnus; placuitque referri
Signa, nec in tanti discrimina mittere Martis
Jam victum fama non visi Caesaris agmen. — cf. Ph. II,
596—600.

perfidiam acerbe reprehenditur et Caesarem, cujus caussa num
melior Pompejo esset poeta se antea scire negaverat „hoc solo
crimine belli civilis ducem melioris causae factum esse" legimus [52]).
Quocum narrationis genere quum posteriorem partem carminis com-
paraveris, maximam diversitatem inter eas partes esse te non
fugiet. Idem enim Lucanus, cui „scelera ipsa nefasque mercede
dominationis Caesarum conditae" placuerant [53]), postea ut miserae
terrae bellis civilibus eriperentur cupit [54]). Tum in priore parte
Pharsaliae Pompejus talis qualis fuit depingitur vitiis atque erro-
ribus neque tectis neque excusatis. Sed quum posteriore tempore
poeta Pompejo partes tutandae libertatis tribuere vellet, macula
quaeque aut excusari aut celari debebat. Itaque postquam Pompejum, copiis suis fusis fugatisque ex acie cessisse audivimus,
eundem eam ob causam mortem sibi sua manu non conscivisse
legimus, quia timuisset, ne miles strato corpore Magni non fugeret,
sed se supra corpus ducis ab hostibus occidi pateretur [55]). Quo
quid magis vanum excogitari potest? An eos milites, qui ignavi
signis Pompeji relictis terga verterant, tanto amore ducis inflam-
matos fuisse existimabimus, ut Pompejo mortuo superstites esse
nollent? Sed rem ita narratam esse apparet, ne Pompejus ea
macula, quod turpem vitam honestae morti praetulerit, adspergatur.

Alio quoque loco idem ob humanitatem et clementiam laudibus effertur, ubi Caesar obseptus in manus hostium incidisse tra-
ditur. Hoc temporis momento Caesarianorum clade bellum civile

---

52)   Hoc siquidem solo civilis crimine belli
      Dux caussae melioris eris. — cf. Ph. IV, 258—259.
53)   Jam nihil, o superi, querimur: scelera ipsa nefasque
      Hac mercede placent: diros Pharsalia campos
      Impleat: et Poeni saturentur sanguine manes. — cf. Ph. I, 37—39.
54)   Et miseras bellis civilibus eripe terras. — cf. Ph. IV, 120.
55)   nec deerat robur in enses
      Ire duci, juguloque pati, vel pectore letum:
      Sed timuit strato miles ne corpore Magni
      Non fugeret, supraque ducem procumberet orbis. — cf. Ph.
VII, 669—672.

confici Romaque felix et sui juris esse potuit — nisi Pompejus ipse nimis anxius, ne strages caedesque civium immanior fierit, furorem atque ferrum suorum continuisset[56]). Neque minus eam ob causam Pompejus Lucano dignus videtur qui praedicetur, quod hortantes suos ut Italiam peteret, repulerit[57]).

Accedit quod Pompejus in priore parte nunquam tamquam vindex libertatis depingitur. Nam ubi apud milites concionabundus, ut animos eorum ad virtutem incendat, quum re senatus jussu

---

56)   Transierat primi Caesar munimina valli
           Cum super e totis immisit collibus agmen,
           Effuditque acies obseptum Magnus in hostem.
           Non sic Aetnaeis habitans in vallibus horret
           Enceladum, spirante Noto, cum tota cavernas
           Egerit, et torrens in campos defluit Aetne:
           Caesaris ut miles glomerato pulvere victus
           Ante aciem, caeci trepidus sub nube timoris
           Hostibus occurrit fugiens, inque ipsa pavendo
           Fata ruit. totus mitti civilibus armis
           Usque vel in pacem potuit cruor: ipse furentis
           Dux tenuit gladios. felix ac libera, legum
           Roma fores, jurisque tui, vicisset in illo
           Si tibi Sulla loco. dolet, heu! semperque dolebit,
           Quod scelerum, Caesar, prodest tibi summa tuorum
           Cum genero pugnasse pio. pro, tristia fata! — cf. Ph. VI,
a v. 290—305.

57)   Numquam me Caesaris, inquit,
           Exemplo reddam patriae, numquamque videbit
           Me, nisi dimisso redeuntem milite, Roma.
           Hesperien potui, motu surgente, tenere,
           Si vellem patriis aciem committere templis,
           Ac medio pugnare foro. dum bella relegem,
           Extremum Scythici transcendam frigoris orbem,
           Ardentisque plagas. victor tibi, Roma quietem
           Eripiam, qui ne premerent te praelia, fugi?
           Ah potius, bello ne quid patiaris in isto.
           Te Caesar putet esse suam. Sic fatus, in ortus
           Phoebeos convertit iter, terraeque secutus
           Devia qua vastos aperit Candavia saltus,
           Contigit Emathiam, bello quam fata parabant. — cf. Ph. VI,
319—329.

bellum justum, Caesarem autem bellum impium nefastumque Ca-
tilinae more gerere dicit, de libertate tuenda ne verbum quidem
facit. [58]). Quod si Lucanus jam eo tempore, quo illum ad milites
orationem habentem faciebat, eundem vindicem et tutorem libertatis putasset, Pompejus apertis verbis hoc ipsum dixisset, prae-
texta libertate optimo adjumento animorum excitandorum usus.
Neque in Hispania milites utriusque exercitus (Caesaris et Pompeji dico) pro libertate pugnari putaverunt, nam quum inter eos
convenisset, ut pax restitueretur, alii alios vituperaverunt, quod
pro ducum gloria et ambitione, a quibus leges patriae essent
ruptae, dimicarent [59]). Lucanum autem eo tempore, quo caede a
Petrejo facta Caesarem ducem melioris causae factum esse scripsit,
jam rebus Pompeji favisse nemini persuadebitur [60]). Neque ami-
cior rebus Magni fuit, quum orationem Laelii primipili, qui ad
omne scelus patrandum jussu Caesaris se esse paratissimum dixerat,
non vituperaret [61]); postea quidem occasionem de tali re sententiae
suae proferendae non neglexit, id quod exemplum Vulteji probat.
Ubi enim Vulteji ejusque cohortis eximiam virtutem canit, quae

---

58)   O scelerum ultores, melioraque signa secuti
       O vere Romana manus, quibus arma senatus
       Non privata dedit, votis deposcite pugnam etc. cf. Ph. II, a
vers. 530 sqq.

59)   Arma rigant lacrymis, singultibus oscula rumpunt:
       Et quamvis nullo maculatus sanguine miles
       Quae potuit fecisse, timet. Quid pectora pulsas? cf. Ph. IV,
180 sqq.

60)   Hoc siquidem solo civilis crimine belli
       Dux caussae melioris eris. — cf. Ph. IV, 258—259.

61)   summi tum munera pili
       Laelius emeritique gerens insignia doni
       Servati civis referentem praemia quercum.
       Si licet, exclamat, Romani maxime rector
       Nominis et jus est veras expromere voces;
       Quod tam lenta tuas tenuit patientia vires
       Conquerimur. deeratne tibi fiducia nostri? sqq. — cf. Ph. I,
356 sqq.

res notior est, quam quae narretur[62]), quanta laudem Vultejum cohortemque effert. „Nullam“ inquit, majore locuta est.

„*Ore ratem totum discurrens fama per orbem*“[63]). Quacum descriptione conferas velim, qua ratione postea Scaevae, fortissimi viri, facinus narratum sit. Is enim propter eximiam, ne dicam incredibilem fortitudinem non modo non laudatur, sed etiam deploratur, quod tanta virtute dominum patriae paraverit neque contra exteras gentes dimicaverit[64]). Quanta igitur dissensio inter eas narrationes sit, pluribus explicare et ostendere supervacaneum est. Eo ipso igitur tempore, quo Lucanus quartum librum Pharsaliae composuit, mutationem quandam studii et voluntatis in eo factam esse crediderim, quae a quo versu initium ceperit, si quis demonstrare studeat, summae dementiae sit. Sed quum extrema pars libri quarti ab initio carminis valde distet, tempore intercedente eas res accidisse necesse est, quibus animus Lucani prorsus est commutatus.

Constat autem Lucanum revocatum Athenis a Nerone et in cohortem amicorum receptum et quaestura ornatum, non diu in gratia Caesaris permansisse. Nam quum Lucanus Neronem sibi inimicum reddidisset, de qua re postea latius disseremus, is quippe qui alienas laudes molestissimo animo ferret et ipse gloriam poetae affectaret, poetae arte sua et causarum actionibus interdixit. Quo factum est, ut Lucanus animo irato et infenso imperatorem, cui initio totus erat deditus, non solum acriter perstringeret, sed ad extremum conjurationi Pisonianae interesset[65]). Hanc ipsam commutationem vitae et animi in Pharsalia ut in speculo cerni posse

---

62) Non eadem belli totum fortuna per orbem
      Constitit: in partes aliquid sed Caesaris ausa est,
      Qua maris Hadriaci longas ferit unda Salonas
      Et tepidum in mollis Zephyros excurrit Jadar.
      Illic bellaci confisus sqq. — cf. Ph. IV, 402 usque ad vers. 581.

63) cf. Ph. IV, 573—574.

64) Infelix quanta dominum virtute parasti! — cf. Ph. VI, 262.

65) cf. Vitarum M. Annaei Lucani a C. F. Webero collectarum part. I—III.

credam. In priore enim carminis parte poeta, quae ipse sentit, raro aperit atque versibus immiscet, at opere crescente saepius sententias suas in medium profert ira contra dominationem Caesarum et amore libertatis exardescente et ad Pompeji partes aperte animo inclinato. Nam quamquam primo libro bellum civile eam ob causam reipublicae saluti fuisse dixerat, quod Neroni viam fecisset [66]), sub finem libri quarti eum ipsum Neronem et Caesaream progeniem Curione minorem esse censet, (qui quidem venali lingua fuerat et res divinas humanasque polluerat [67—68]), quum Curio Romam vendidisset, illi autem emissent [69]). Quem locum cum antecedente parte carminis nullo modo conciliare poteris, nisi conversionem animi Lucani eo momento jam factam esse concesseris. Tum idem, qui initio carminis, uter justior arma tulisset, ignorabat, Pompejanorum gladios jure esse strictos „neque licere tot fasces castra vocari", quo tempore quintum librum composuit, jam

---

66)   Quod si non aliam venturo fata Neroni,
     Invenere viam, magnoque aeterna parantur
     Regna deis, coelumque suo servire Tonanti
     Non nisi saevorum potuit post bella gigantum:
     Jam nihil, o superi, querimur: scelera ipsa nefasque
     Hac mercede placent: diros Pharsalia campos
     Impleat: sqq. — cf. Ph. I, 33 sqq.

67)   Hos jam mota ducis, vicinaque signa petentis
     Audax venali comitatur Curio lingua:
     Vox quondam populi, libertatemque tueri
     Ausus et armatos plebi miscere potentis. — cf. Ph. I, 268—

271.   68) Nec solum studiis civilibus arma petebat,
     Privatae sed bella dabat Juba concitus irae.
     Hunc quoque, quo superos humanaque polluit anno,
     Lege tribunitia solio depellere avorum
     Curio tentarat, Libyamque auferre tyranno,
     Dum regnum te, Roma, facit. — IV, 687—692.

69)   Jus licet in jugulos nostros sibi fecerit ense
     Sulla potens, Mariusque ferox et Cinna cruentus,
     Caesareaeque domus series: cui tanta potestas
     Concessa est? emere omnes, hic vendidit urbem. — cf. Ph. IV,
821—824.

intellexerat[70]). Jam commemoravimus Scaevae virtutem, quam
Lucanus animo non mutato non vituperasset, acerbissime repre-
hendi et libro sexto Caesare victo Romam liberam et felicem fieri
potuisse legimus[71]). Si enim Sulla tum victoriam reportasset, id
est si Pompejus in utenda victoria eadem qua Sulla contra Marianos inhumanitate et crudelitate fuisset, Caesaris exercitus ab
hostibus interceptus prorsus interiisset. Quod si factum esset,
Pompejus, quem quidem antea imperii cupidine motum bellum
suscepisse cognovimus, fortasse pristinam libertatem Romae resti-
tuisset. Heu, fallacem spem! Quo proprius poeta ad pugnam
Pharsalicam describendam accedit, eo majore amore et misericor-
dia, ni fallor, causae Pompejanae et ipsius Pompeji captus esse
videtur, id quod maxime iis versibus elucet, quos in libro septimo
legimus[72]), quibus Pompeji et Romae sortes intimo vinculo inter
se conjunctae describuntur et matronae, si Pompejus in Italia e
vita cessisset, mortuum iisdem honoribus affecturae fuisse dicun-
tur, quibus quondam Brutus vindex libertatis ornatus erat. Adde
quod post pugnam Pharsalicam partes Pompejanae res Romanae

---

70) Nam quis castra vocet strictas tot jure secures
Tot fasces? docuit populos venerabilis ordo
Non Magni partes, sed Magnum in partibus esse. — cf. Ph.
V, 12—14.

71)   felix ac libera, legum
Roma fores jurisque tui, vicisset in illo
Si tibi Sulla loco. dolet, heu! semperque dolebit
Quod scelerum, Caesar, prodest tibi summa tuorum
Cum genero pugnasse pio. — cf. Ph. VI, 301—305.

72) Donassent utinam superi, patriaeque tibique
Unum, Magne, diem, quo fati certus uterque
Extremum tanti fructum raperetis amoris.
Tu velut Ausonia vadis moriturus in urbe:
Illa rati semper de te sibi conscia voti
Hoc scelus haud umquam fatis debere putavit,
Sic se dilecti tumulum quoque perdere Magni.
Te mixto flesset luctu juvenisque senexque
Injussusque puer: lacerasset, crine soluto,
Pectora femineum ceu Bruti funere volgus.
Nunc quoque, tela licet paveant victoris iniqui

nominantur; ubi enim Tarchondimotus, rex Ciliciae, signa Catonis deseruisse narratur, - nisi barbari fugientes retenti essent, quum *„omnis plebs servitio indiga in litore ferveret"*, futurum fuisse ut de rebus romanis actum esset legimus[73]). Praeterea Lucanus se ipsum omni cum cura esse nisurum affirmat, ut posteri sorti Pompeji faveant[74]), spe motus Pharsaliae carmen eodem quo Homeri opera honore affectum neque unquam silentio neglectum iri[75—76]). Imo vero ut Caesari victori gentes eripiantur et sanguis mundi fundatur et omnes triumphi consumantur optat, ne ille victor ex acie discedat[77]).

   Nuntiet ipse licet Caesar tua funera, flebunt:
   Sed dum tura ferunt, dum laurea serta Tonanti.
   O miseri, quorum gemitus edere dolorem
   Qui te non pleno pariter planxere theatro. — cf. Ph. VII,
30—44.

  73) Actum Romanis fuerat de rebus, et omnis
    Indiga servitii fervebat litore plebes. — cf. Ph. IX, 253 - 254.

  74) O summos hominum, quorum Fortuna per orbem
    Signa dedit, quorum fatis coelum omne vacabat!
    Haec et apud seras gentes populosque nepotum
    Sive sua tantum venient in saecula fama
    Sive aliquid magnis nostri quoque cura laboris
    Nominibus prodesse potest, cum bella legentur,
    Spesque metusque simul, perituraque vota movebunt:
    Adtonitique omnes veluti venientia fata
    Non transmissa legent et adhuc tibi, Magne, favebunt. — cf.
Ph. VII, 205—213.

  75) Tu quoque, quum sacro dederis jam templa tyranno,
    Nondum Pompeji cineres, o Roma, petisti: sqq. — cf. Ph.
VIII, 835 usque ad finem.

  76) O sacer et magnus vatum labor, omnia fato
    Eripis et populis donas mortalibus aevum.
    Invidia sacrae, Caesar, ne tangere famae:
    Nam si quid Latiis fas est promittere Musis,
    Quantum Smyrnaei durabunt vatis honores,
    Venturi me teque legent: Pharsalia nostra
    Vivet et a nullo tenebris damnabimur aevo. — IX, 980—986.

  77) Eripe victori gentes et sanguine mundi
    Fuso, Magne, semel totos consume triumphos. — cf. Ph. VII,
233—34.

Non est mirandum, quod ante pugnam Pharsalicam ipsam, quae de republica ejusque sorte, erat decretura, animus ad pristina tempora imperii respexit, quorum fasti ne unam quidem rem tradiderunt, quae cum Pharsalica clade comparari possit. Qua pugna effectum esse queritur ut „libertas fugiens civile nefas neque unquam reditura ultra Tigrin Rhenumque recesserit ac toties a Romanis jugulo quaesita vagetur, Germanum Scythicumque bonum nec respiciens ultra Ausoniam" [78]. Quin querendum esse fingit, quod Roma usque ad Thessalicam cladem non serviverit et quod Brutus reges ejecerit, felices eas gentes esse praedicandas, quae semper sub perpetuis tyrannis fuerint. Denique (id quod est gravissimum) cogitans, quomodo res publica romana interierit, superos res humanas curare et Jovem regnare verum esse negat [79]. Nam si Juppiter ulla mortalium rerum cura afficeretur, caedes Thessalicas ab alto aethere tranquillus spectare non potuisset. Sed deos ipsos hujus cladis causa poenas dedisse putat, imperatores enim divos esse factos, manes eorum fulminibus et radiis esse ornatos, inter jura juranda appellari, quibus rebus numinibus ipsis gravissimum dedecus sit inflictum [80]. Memineris autem quaeso, quomodo in

---

78)   Quod semper saevas debet tibi Parthia poenas
          Quod fugiens civile nefas redituraque numquam
          Libertas ultra Tigrin Rhenumque recessit
          Ac toties nobis jugulo quaesita vagatur
          Germanum Scythiumque bonum nec respicit ultra
          Ausoniam: vellem populis incognita nostris
          Volturis ut primum laevo fundata volatu
          Romulus infami complevit moenia luco,
          Usque ad Thessalicas servisses Roma ruinas. — cf. Ph. VII,
431 sqq.

79)   mortalia nulli
          Sunt curata deo. — cf. Ph. VII, 455.

80)   cladis tamen hujus habemus
          Vindictam, quantam terris dare numina fas est.
          Bella pares superis facient civilia divos:
          Fulminibus manes, radiisque ornabit et astris
          Inque deum templis jurabit Roma per umbras. — cf. Ph. VII,
455—459.

primo libro Neronem imperatorem celebraverit, quam laudem minime ironice esse dictam, ut multi putarunt, jam a Webero recte
demonstratum est[81—82]).   Tum inter legendum in complures locos
incurres, quibus Pharsalica pugna commissa libertatem populi romani interiisse elucet.   Domitius enim, qui Corfinium defendens a
suis desertus erat[83]) „salva libertate" periisse narratur[84]), quod
jam ante pugnam finitam inter stragem caedemque ceciderit, unde
sequitur, ut quicunque ex illa calamitate vivus evaserit ex libero
servus factus esse populusque Romanus in totum aevum mundi
prostratus atque post tantum rerum omnium naufragium libertate
exstincta omnes posterae gentes et aetates ad servitium destinatae

---

81) De ironia enim cogitare in illo loco tam est alienum, ut nihil magis alienum dici cogitarique possit. Ego sic statuo: progressu quidem ope-
ris, quod imperfectum reliquit, ita rem instituisse, ut alienato a Nerone
animo liberius in illum inveheretur omninoque libertatis Romanae hostes
acerrime reprehenderet, sed tum, cum primum de scribenda Pharsalia co-
gitaret, alia omnia animo agitasse et bellorum civilium hanc vere et unice
excusationem quaesiisse atque adeo reperire sibi visum esse ut minora haec
mala recuperata in Neronis imperio felicitate ostenderet. Praeterquam enim
quod initia imperii Neroniani boni ominis plena omnibus videbantur, tum
summa favoris amicitiaeque, qua in Lucanum ferebatur documenta ita videntur irretivisse hominem juvenem, paribus studiis delectatum, pari studiorum juventutisque cum Nerone moderatore usum, ut verisimillimum videatur eum in Pharsalia ejus memoriam ad posteritatem commendare. Martyni-
Laguna. — cf. Weber Tom. I. p. 1.   82) Quamquam enim multi, re non
satis perspecta, eam procoemii partem ironice dictam putarunt, tamen ejus
modi ironia minime placet, quippe quae per se nimis putida inepta epico-
que carmine indigna sit; tum quia Neroni, si poetae infensus erat, non
potuit non aperta esse. ibid. II. p. 584.

83)   At te Corfini validis circumdata muris
        Tecta tenent, pugnax Domiti sqq. — cf. Ph. II, 478.
        Ecce, nefas belli, reseratis agmina portis,
        Captivum traxere ducem, civisque superbi
        Constitit ante pedes. sqq. — cf. Ph. II, 507—509.

84)   Mors tamen emicuit clarorum in strage virorum
        Pugnacis Domiti, quem clades fata per omnis
        Ducebant. Magni nusquam fortuna sine illo
        Succubuit: victus toties a Caesare, salva
        Libertate perit. — cf. Ph. VII, 599—603.

videantur. Caesar .enim vere dominus, etsi consulis et dictatoris
nomine se ornari patiebatur, speciem solam dignitatum intactam
reliquit, quarum vis atque potestas jam evanuerat. Mentimur igitur, inquit Lucanus, de consulatu et vi tribunicia verba facientes,
quum re ipsa servi imperatorum simus, quamquam nomina illarum
dignitatum a Caesaribus abolita nondum sunt[85]); Caesar autem et
Libertas, tamquam „par gladiatorium“ inter se pugnabunt[86]). Itaque hoc loco Caesar et Libertas aperte inter se opponuntur, Pom-
pejanos autem pro libertate arma cepisse Lentulus obtendit, qui
ut Pompeji consilium Parthorum implorandorum tanquam Romanis
indignum spernat, cur libertatis amor simuletur quaerit, si Pompejus servire possit[87]). Veram quidem libertatem Cato, rerum
Romanarum peritissimus, Sulla Marioque Romae receptis, at Pompejo interemto etiam fictam interiisse dicit[88]). Tum Pompeji animum scelerum vindicem in Bruti et Catonis pectora, quae quidem
libertatis amantissima erant, intrasse ibique sedisse[89]), Catonem
autem, etsi antea Pompejum odisset, ipsum post Thessalicam cladem
pectore toto Pompejanum factum esse et patriam tutore Pompejo

---

85)   Ipse petit trepidam tutus sine milite Romam
       Jam doctam servire togae: populoque precanti
       Scilicet indulgens, summo dictator honori
       Contigit et laetos fecit, se consule, fastus.
       Namque omnis voces, per quas jam tempore tanto
       Mentimur dominis, haec primum reperit aetas.
       Qua sibi ne ferri jus ullum Caesar abesset
       Ausonias gladiis voluit miscere secures. sqq. — cf. Ph. V,
381 sqq.
86)   sed par quod semper habemus,
       Libertas et Caesar erunt: — cf. Ph. VII, 696.
87)   quid causa obtenditur armis
       Libertatis amor? miserum quid decipis orbem
       Si servire potes? — cf. Ph. VIII, 339—341.
88)   Olim vera fides, Sulla Marioque receptis,
       Libertatis obit: Pompejo rebus ademto
       Nunc et ficta perit. — cf. Ph. IX, 205.
89)   Et scelerum vindex in sancto pectore Bruti
       Sedit et invicti posuit se mente Catonis, — cf. Ph. IX, 17—18,

carentem adjuvisse legimus [90]). Neque vero patria sola defensorem perdidisse, ceteri quoque populi nomen Pompejanum amavisse et eandem jacturam fecisse dicunt·r, quum post Pompejum occisum luctus nulli aevo cognitus factus sit [91]). At quanto Catonis verba, quae in libro nono a versu 190 usque ad versum 214 leguntur, ab iis distent, quae ab eodem Catone initio belli civilis facta erant, quis est quem fugiat? Ante bellum quidem Pompejum jus id est imperium mundi sibi ipsi promisisse idem Cato dixerat, qui post cladem Pompejum, si superior ex acie discessisset, nihil sibi ex jure belli vindicaturum fuisse affirmat.

In animo igitur mihi est demonstrare, quanta dissensio in singulis partibus Pharsaliae cognoscatur, nec minus quam in Pompejo et Catone discrepant Pharsaliae pars prior et posterior in Caesaris moribus depingendis. Nam ut Lucani favor rerum Pompejanarum crescere, ita in Caesarem odium atque ira augeri videtur. Quamvis enim ille ab initio carminis acer, indomitus, in arma furens describatur [92—97]) cui nisi sanguine fuso viam facere

---

90) Ille, ubi pendebant casus, dubiumque manebat,
   Quem mundi dominum facerent civilia bella,
   Oderat et Magnum, quamvis comes isset in arma,
   Auspiciis raptus patriae ductuque senatus:
   At post Thessalicas clades jam pectore toto
   Pompejanus erat. Patriam tutore carentem
   Excepit, populi trepidantia membra refovit.
   Ignavis manibus projectos reddidit enses,
   Nec regnum cupiens gessit civilia bella
   Nec servire timens. — cf. Ph. IX, 19 sqq.

91) Interea totis, audito funere Magni,
   Litoribus sonuit percussus planctibus aether:
   Exemploque carens et nulli cognitus aevo
   Luctus erat, mortem populos deflevere potentis. — cf. Ph. IX,
167—170; Credis apud populos Pompeji nomen amantes
   Hoc castris prodesse tuis. — cf. Ph. IX, 1050.

92)   Sed non in Caesare tantum
   Nomen erat, nec fama ducis: sed nescia virtus
   Stare loco: solusque pudor, non vincere bello.
   Acer et indomitus; quo spes, quoque ira vocasset
   Ferre manum et nunquam temerando parcere ferro;

non placeat, tamen quo magis carmen procedit, eo vehementius acriusque Caesar vituperatur et incusatur. Quum milites bello fatigati seditionem fecissent, Caesar furori militum nihil ac ne summum quidem nefas refutaturum fuisse nec quidquam nisi sanam mentem timuisse dicitur [98]). Sed quod Lucanus Caesarem in pugna multorum militum opposita vulnera manu sua pressisse narrat, haud scio an sciens ac prudens ficta nobis tradiderit [99]); ad quae addenda sunt, quae de mortuis in campo jacentibus et incrematis traduntur [100]). Imo mendaciis Caesarem usum esse, ut animos mi-

---

Successus urgere suos, instare favori
Nominis: impellens quidquid sibi summa petenti
Obstaret gaudensque viam fecisse ruina. — cf. Ph. I, 143 sqq.

93) Caesar in arma furens nullas nisi sanguine fuso
Gaudet habere vias sqq — II, 439.

94) Neque enim jam sufficit ulla
Praecipiti fortuna viro. — III, 50—52;

95) Gaudet tamen esse timori
Tam magno populis et se non mallet amari. — III, 82—83;

96) Aeger quippe morae flagransque cupidine regni
Coeperat exiguo sqq. — VII, 240 sqq. 97) Quid Caesar?
Audaciorem profecto ferocioremque sese extollit; sqq. — Leloup de poesi etc. p. 21.

98) Non illis urbes spoliandaque templa negasset,
Tarpejamque Jovis sedem matresque senatus
Passurasque infanda nurus. Vult omnia certe
A se saeva peti, vult praemia Martis amari:
Militis indomiti tantum mens sana timetur. — cf. Ph. V, 305.

99) obit latis projecta cadavera campis:
Vulnera multorum, totum fusura cruorem,
Opposita premit ipsa manu. — cf. Ph. VII, 566—567.

100) Cernit propulsa cruore
Flumina et excelsos cumulis aequantia colles
Corpora depressos in tabem spectat acervos
Et Magni numerat populos: epulisque paratur
Ille locus, vultus ex quo faciesque jacentum
Agnoscat. Juvat Emathiam non cernere terram
Et lustrare oculis campos sub clade latentes
Fortunam superosque suos in sanguine cernit.
Ac ne laeta furens scelerum spectacula perdat

litum ad acriter pugnandum inflammaret; in libro septimo legimus,
Pompejum enim, exercitu Caesaris circumcluso, sanguine satiatum
esse Caesar dicit, quamquam antea Pompejum nimia humanitate
permotum strictos gladios retinuisse compereramus [101]. Praeterea
multae res a Caesare honeste gestae et laude dignissimae ut venia,
vita libertasque omnibus data, qui post Pharsalicam pugnam armis
depositis se subjecerant, a Lucano non commemorantur. Maxime
autem reprehenderim, quod Caesar Pompeji capite oblato primo
visu neque horruisse neque oculos devertisse et tum demum la-
crimas non sponte cadentes effudisse et bonum socerum se prae-
buisse narratur, quum fidem sceleris haberet et omnia tuta vi-
deret [102—103]. Forsitan secundum versum libri primi me oblitum
esse censeas, ubi „jus sceleri datum esse" legimus; quem locum non-
nulli ita sunt interpretati, ut imperium datum esse homini scelesto
id est Caesari existiment. At hunc sensum in verbis inesse ne-
gaverim. Primum haec verba cum iis versibus, quibus Neronis
dominatio praedicatur, minime congruere liquet. Quoniam imperium Neronis, quod ab initio quasi felicissimum et hominibus lae-
tissimum celebratur, e Caesaris dominatione ortum erat, a Lucano
tum inter amicos Neronis recepto nullo modo scelus nominari
poterat. Lucanum autem, qui uter justius pugnaverit, se nescire
fateatur, initio carminis Caesaris victoriam scelus nominasse, num
verisimile est? Jus esse datum sceleri ita interpreter, summam ad
scelera perpetranda licentiam esse factam, quum in bello civili
(id est scelus ut saepius bellum civile scelus nuncupatur) utraque

---

Invidet igne rogi miseris, coeloque nocenti
Jngerit Emathiam sqq. — cf. Ph. VII, 790—825.
101)   ipse furentes
Dux tenuit gladios — cf. Ph. VI, 300.
102) Non primo Caesar damnavit munera visu
Avertitque oculos: vultus, dum crederet, haesit.
Utque fidem vidit sceleris tutumque putavit
Jam bonus esse socer; lacrymas non sponte cadentes
Effudit gemitusque expressit pectore laeto sqq. — cf. Ph. IX,
1035 sqq.   103) Nequidquam duras tentasset Caesaris aures. — Ph. X, 104.

pars se jure quodam agere praetendat. Quae quum ita sint, eo
revertamus, unde exorsi sumus. Exemplis enim compluribus in
medium prolatis maximam diversitatem inter priorem et posteriorem
partem Pharsaliae cognosci elucet, quae quidem, si quis quaerit,
quo consilio carmen compositum sit, summi momenti esse videtur.
Num igitur Weberus, qui certamen libertatis et dominationis unius
viri carmine nostro depictum esse censet, quum neque poeta ipse
neque ceteri, quos loquentes facit, Pompejum in parte priore defensorem libertatis existiment, explicationem omni ex parte pro-
bandam dederit, dubitari possit.

Quomodo autem Pharsaliam ortam et compositam esse putem,
mihi exponere liceat. Constat epicos et tragicos poetas non aut
docendi aut persuadendi consilio ad versus faciendos accedere, sed
ipsa rerum, quas ex historia vel ex vetere fama petierint, gravi-
tate et magnitudine ad canendum impelli. Hoc modo Homerus,
Virgilius alii res ab heroibus gestas carminibus omnium praestan-
tissimis celebraverunt, Aeschylus autem et Sophocles arte scenica
vitam, facta mortemque heroum ante oculos ipsos posuerunt.
Nostro igitur poetae circumspicienti rem quam canendam eligeret,
quae aut gravior aut aptior offeri potuit, quam bellum inter Caesarem et Pompejum gestum, quo forma rei publicae mutata libertas civium perierat? Virgilii autem exemplum ad eam rem eligen-
dam summam vim in Lucanum habuisse verisimile est. Nam quum
ejus ambitio („quantum mihi restat ad culicem?“ saepius clamasse
dicitur) pares Virgilio laudes assequi studeret, qui illa tempora
cecinerat, quibus prima fundamenta reipublicae instituendae jacta
sunt, eas tempestates, quibus antiqua forma reipublicae penitus
interiit, carmine celebrandas elegit. Itaque initio bellum civile
canere Lucanus sibi proposuit, ipse fere sine ira ac studio in
neutram partem inclinans. Moribus enim Romanorum prorsus corruptis Romam libertate amplius frui non posse, e bellis autem civilibus dominationem unius necessario nasci, optime intellexerat.
Libertatem autem pristinam interiisse non deplorat se ipsum con-

solatus, quod imperio unius constituto Neronis, cui tum [104]) deditus erat, felix dominatio orta sit; bellum igitur civile, quamquam tristissimum erat, poetae non detestandum, sed propter exitum faustum civitati salutare existimandum esse videtur. Quod si consilium belli civilis canendi semper secutus esset, nescio an pugna Actiaca descripta carmen finitum esset. Neque extremos versus libri primi, quibus vaticinium mulieris cujusdam spiritu Phoebi excitatae inest, neglexi. Quae quum res usque ad pugnam Philippicam futuras indicasset, multi hac ex re carmini pugna Philippica descripta Lucanum finem imponere voluisse judicaverunt. Quod num spectaverit, ex his quidem verbis non elucet. Quid enim sibi proposuisset, clare atque aperte non aliter atque Homerus, Virgilius alii in exordio carminis exposuit, sed e verbis, quibus rerum futuram mentio fit, poetam illas quoque fuisse expositurum, colligi non potest [105]).

Neque ignoramus Weberi sententiam esse Lucanum inscriptione Pharsaliae utramque pugnam et Pharsalicam et Philippicam insignire voluisse. Quum enim utraque pugna in campis Emathiis commissa sit, campi Pharsalici a nonnullis pro iisdem cum Philippicis habiti sunt [106]). Etsi hanc confusionem a nonnullis et poetis et historicis scriptoribus rem minus accurate perpendentibus factam esse concedo, Lucano eandem in titulo carmini suo praeponendo admittere nullo modo licebat et merito vituperandus esset, si car-

---

104)   Di patrii, Indigetes, et Romule Vestaque mater
         Quae Tuscum Tiberim et Romana palatia servas,
         Hunc saltem everso juvenem succurrere saeclo
         Ne prohibete! Satis jam pridem sanguine nostro
         Laomedonteae luimus perjuria Troiae. sqq. — cf. Virg. Georg.
I, 498 sqq.

105) Neque ideo igitur, quod Caesaris nex illis versibus jam longe antea memoratur, pro certo licet habere, futurum fuisse, ut eo usque pangendo carmine pergeret Lucanus ut et ipsam celebraret versibus suis Caesaris caedem. Nam etiam pugnarum apud Mutinam (I, 41.) Leucada (V, 478 sqq.) et Philippos (VII, 872 passimque alibi) fit mentio neque magis est quod credas, de illis quoque poetam expositurum fuisse. — cf. Kaestner I. p. 20.

106) cf. Virg. Georg. I. Ovid. Metam. XV, Florus, Sulpicius. Luc. ed. Weisse p. 30.

miai titulum obscurum vel ambiguum oraculi instar dedisset. At Romani Pharsaliam commemorantes illam notam pugnam intelligebant, cujus nomen ut caput belli civilis carmini propositum est. Vetustissimi quidem codices itemque Suetonius et Vacca, qui hanc inscriptionem non agnoscunt, me monent ne tituli „civilis belli" obliviscar. At poetae ipsius testimonium pluris aestimo, quod in libro nono inest, ubi „Pharsaliam" suam victuram esse neque ullo aevo tenebris damnatum iri sperat[107]).

Sed quum poetarum antiquorum carmina et vitas optime inter se cohaerere constet, ut de Pharsalia recte judicemus, vita Lucani diligenter erit perquirenda Lucanum autem Romam Athenis reversum anno p. Chr. quinquagesimo nono a Nerone cohorti amicorum additum esse scimus. Quo beneficio adolescens, ut carmen „Orphei" in honorem Neronis scriberet, motus est, quo recitato in Pompeji theatro coronatus est. Quid igitur mirum, quod Lucanus qui praeterea tribus annis ante aetatem quaestoriam a Nerone quaestura ornatus est[108]), quum sibi civile bellum canendum elegisset, de hoc ipso bello ita judicavit, ut libertatem amissam Caesarum dominatione stabilita non lugeret. Taceant igitur, qui Lucanum propter vilem adulationem Neronis vituperaverunt. Nam si quis, ut exemplum proferam, postquam ex illa vehementissima perturbatione reipublicae franco–gallicae, qua exeunte seculo duodevicesimo tota Europa percussa est, consulatus et brevi post dominatio unius exstitit, eundem ob restitutam rem publicam celebrasset, ille eam ob causam vilis adulator censendus esse non videretur.

Sed ad vitam Lucani perlustrandam revertamur. Anno sexagesimo primo p. Chr. Suetonio auctore „bellum civile quod a Cn.

---

107)   Pharsalia nostra
   Vivet et a nullo tenebris damnabimur aevo. — cf. Ph. IX, 985.

108) Lucanus prima ingenii experimenta in Neronis laudibus dedit quinquennali certamine et certamine pentaeterico acto in Pompeji theatro, laudibus recitatis in Neronem fuit coronatus. — cf. Weber. vit. Luc. II. p. 11.

Pompejo et Caesare gestum est" recitavit [109]). Quum autem anno sexagesimo tertio p. Chr. carmen, quod Orpheus inscriptum erat, edidisset eamque ob rem Neronem sibi inimicum reddidisset, in gratia non permansit et Neronem ei non solum poetica arte sed etiam causarum actionibus interdixisse Vaca nos docet [110]). Qua injuria inflicta tanta indignatio in pectore Lucani exorta est, ut ab hoc tempore animum prorsus a Nerone vel potius a Caesarum dominatione alienum intelligamus. Tum idem Nero, qui primo quinquennio imperii praecepta Senecae secutus honeste vixerat et jure laude dignus videri potuerat, non amplius animi scelesti libidines frenans Lucano prorsus alius visus est. Quae animi conversio fieri non potuit, quin et in carmine Pharsaliae, in quo componendo perrexerat, perspiceretur. Illius igitur rebus, qui dominationis Caesarum condendae auctor fuerat, Caesarem dico, quum inimicus factus esset, Pompejum, quod contra Caesarem pugnaverat, quasi libertatis vindicem in posteriore parte Pharsaliae depinxit. Tum in poeta ipso amor libertatis, qui per aliquod tempus honoribus et gratia, quibus Nero eum affecerat, repressus erat, ut flamma e cinere tegente flagravit.

Animum autem Lucani conversum in carmine faciendo multum valuisse liquet; alii fortasse pristino consilio objecto aliam rem sibi canendam elegissent, Lucanus autem in proposito suo perseverans non tamen rem, quam rationem, qua antea de bello civili judicaverat, mutavit, quod singulis exemplis probare conatus sum. Tum eum non pugna Actiaca, sed caede Caesaris narrata carmen finire debuisse opinor. Nam quamquam Neronis amico et praedicatori illa ratio carminis finiendi optime quadraverat, eidem li-

---

109) Honore vixdum aetati debito dignus judicatus — gessit — quaesturam in qua cum collegis more tunc usitato munus gladiatorium edidit secundo populi favore. Mox coepta generosior juventa albos ossibus Italis Philippos et Pharsalica bella detonans civile bellum, quod a Cn. Pompejo et Caesare gestum est, recitavit. — cf. Weber. vitae Luc. II. p. 12.

110) interdictum est ei poetica, interdictum est etiam causarum actionibus. — cf. Weber. vit. Luc. I. p. 21.

is amore ardenti is finis, quo Caesar ad summam potentia
ium evectus et regnans, spe omni libertatis restituenda
ssa, ostenderetur, minime aptus videri debebat. Sed qua
ratior aut aptior inveniri potuit, quam caedes Caesaris, propte
atem eversam justas poenas dantis, cujus rei memoria for
in Neronis pectus timorem et anxietatem injicere potuit?
m autem abest, ut credamus, Lucanum carmine Pharsaliae
eronem interficiendum civium animos exhortari voluisse, id
a natura et consilio talis carminis prorsus abhorret [111—112]).
Praeterea Lucanum ultimo tempore vitae libertatis amantissi-
fuisse nobis considerantibus, titulus „Pharsaliae" optime car-
inscriptus esse videbitur. Nam illa pugna, qua libertas periit,
ium est, ad quod omnes res referuntur, qua de causa Lucanus
nitio titulum „belli civilis" carmini inscripserat, mutato con-
„Pharsaliam" praetulit.

Magnam igitur diversitatem inter Pharsaliae singulas partes
ntem hoc modo ita explicatam esse spero, ut causae, cur
ctum sit, pateant omnesque loci bene cohaereant.

---

[111] *Erwäge ich die Richtung, welche der Dichter der Pharsalia*
ersten Anfange nimmt, die freibürgerliche Stimmung, die ihn aus-
ssend beherrscht, und das unablässige Bestreben, sie seinen Le-
mitzutheilen, so bleibt mir kaum noch ein Zweifel übrig, dass
Schlussstein des Ganzen, wenn er es vollendet hätte, kein anderer
e gewesen sein als der Sieg der Freiheit durch die Ermordung
rs, ihres Unterdrückers. — cf. *Jacobs Nachträge* etc. VII. p 347.
[112] et mihi quidem videtur ille sibi proposuisse, eo usque carminis
lum deducere ut exponeret, quomodo debellato Pompejo interfectoque
e triumviris superstes Caesar summum adscendisset et dignitatis et
tatis gradum; ut tamen simul praediceretur imminens ei per interfecto-
ors, cujus facta mentio lectoribus afferret luctas ex luctuosissimo Pom-
xitio percepti solatium sqq. — Kaestnerus quaest. IV. p. 1.